Pas plus grand qu'un doigt

À ma petite fille Melissa
avec tout mon amour,
et en souvenir de E.C.
M.H.

À Nanny, mon extraordinaire
grand-mère voyageuse.
B.C.

Un merci tout spécial à Hugh Wylie et à Jack Howard
de la bibliothèque du Département de l'Asie de l'Est
du Musée royal de l'Ontario,
pour leur aimable collaboration et l'intérêt
qu'ils ont porté à ce livre.

ISBN 0-590-73032-0

Titre original : Little Fingerling

Édition publiée par Scholastic-TAB Publications Ltd., 123 Newkirk Road, Richmond Hill, Ontario, Canada L4C 3G5, avec la permission de Kids Can Press.

Pas plus grand qu'un doigt

Un conte japonais raconté par
Monica Hughes

Illustrations de
Brenda Clark

Texte français de Christiane Duchesne

Scholastic-TAB Publications Ltd.
123 Newkirk Road, Richmond Hill, Ontario, Canada

Il y a très longtemps au Japon, vivait un couple sans enfant. Chaque jour, ils allaient prier au temple pour que le ciel leur envoie un fils.

«Même un tout petit, pas plus grand qu'un doigt», suppliait la femme.

Enfin leur demande fut exaucée et il leur naquit un fils. Ils étaient très heureux, même s'il était tout petit, si petit qu'ils le nommèrent Issun Boshi, ce qui signifie «pas plus grand qu'un doigt».

À un an, il était haut comme le pouce de sa mère. À dix ans, il était aussi grand que l'index de son père.

Issun Boshi grandissait heureux et se montrait débrouillard. Il aidait sa mère à préparer les légumes; il aidait son père à arracher les mauvaises herbes et à ramasser les grains de riz.

Mais à quinze ans, alors aussi grand que le majeur de son père, il se dit : «Je suis un homme maintenant. Je ne connais rien du monde à part le four de ma mère et la charrue de mon père.»

Il s'inclina devant ses parents. «Très honoré père, très honorée mère, vous m'avez hébergé pendant quinze ans. Vous m'avez nourri, vous m'avez vêtu et vous m'avez transmis votre savoir. Il est temps maintenant que je découvre le monde et que je fasse ma vie.»

Ses parents se regardèrent, les yeux pleins de tristesse. «Comment notre petit va-t-il pouvoir se débrouiller? Il sera piétiné à mort par la foule.» Ils le supplièrent de ne pas quitter la maison, mais Issun Boshi avait décidé de tenter sa chance.

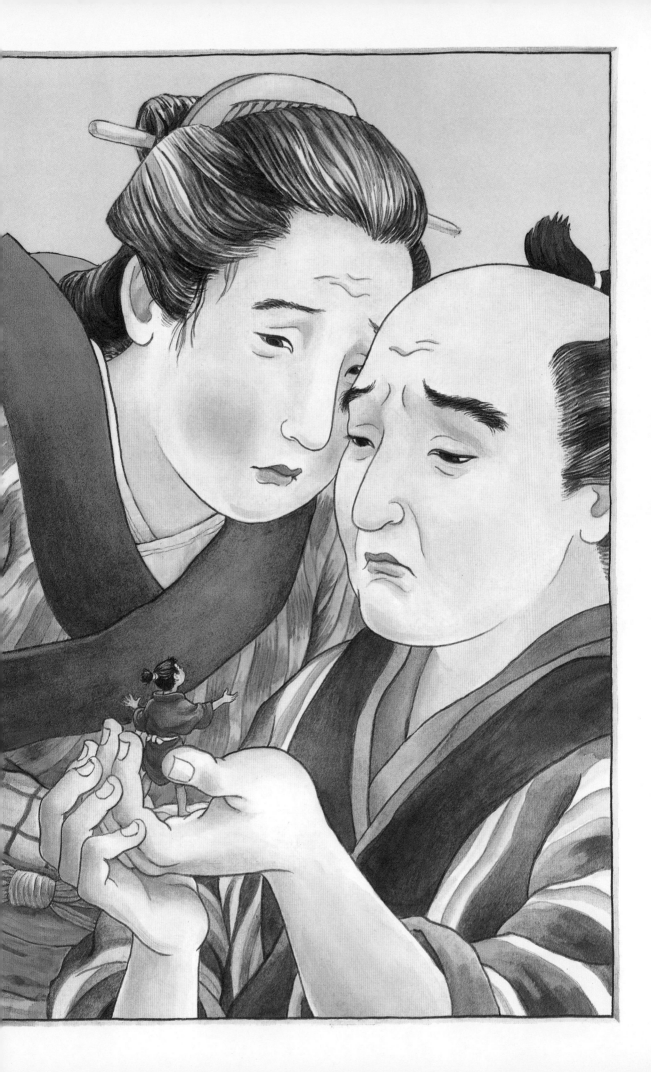

Alors sa mère lui tailla un costume de voyage dans une retaille de brocart. D'une paille creuse, son père lui fit un fourreau pour son épée qui était en fait une des aiguilles de sa mère. Ils lui donnèrent aussi leur plus beau bol à riz laqué et une paire de baguettes.

Issun Boshi s'inclina respectueusement devant ses parents et prit la route, son épée en bandoulière, ses baguettes sous le bras et son bol sur la tête pour protéger ses vêtements, car il pleuvait ce jour-là.

Il contourna les flaques d'eau, trop profondes pour qu'il puisse les traverser et pataugea dans le chemin qui menait de la ferme à la route de Kyoto. Ses petites jambes étaient bien fatiguées. Quand il ne vit plus le toit de chaume de la maison de ses parents, il se demanda si le choix qu'il venait de faire était sage.

Mais il continuait à marcher en se disant : «J'irai à Kyoto et je ferai mon chemin dans la vie.»

Un peu plus loin, un ruisseau coupait la route. «L'eau coule plus vite que mes jambes ne marchent», se dit Issun Boshi. D'un geste vif, il déposa son bol à riz sur l'eau, sauta dedans et se mit à pagayer avec l'une des baguettes.

Le ruisseau rejoignait une rivière large et profonde, mais Issun Boshi n'arrêtait pas de pagayer. Bientôt, il aperçut les tuiles dorées et les toits de chaume de Kyoto.

«Ce n'était pas si mal, se dit-il en mettant pied à terre et en reprenant son bol. Et maintenant, où vais-je trouver du travail?» Il se mit à suivre les gens dans la rue et se retrouva vite au marché. Dans les boutiques s'empilaient des fruits et du riz, de la soie et des bols laqués, des pots, des coffres et des kimonos.

La foule était si dense qu'Issun Boshi risquait d'être écrasé par les passants ou encore, par un baril. Finalement, il réussit à grimper sur la nappe qui couvrait un comptoir où l'on vendait des broches pour les cheveux, des peignes et des coffrets. Il déposa son bol et s'assit dessus pour reprendre son souffle.

«Oh! Regardez le petit homme!» Une minute avait suffi pour qu'on le découvre. Les gens se pressaient autour du comptoir.

Le vendeur, astucieux, leur dit : «Bonnes gens, si vous désirez voir ce curieux et délicat personnage, le moins que vous puissiez faire serait de m'acheter quelque chose.»

Tout le monde éclata de rire et acquiesça : c'était en effet la moindre des choses. Au bout d'un moment, le comptoir était vide et le sac du vendeur rempli de pièces.

— La chance m'a souri aujourd'hui! Comment t'appelles-tu, si je puis me permettre de t'interroger? Et d'où viens-tu?

Issun Boshi raconta comment il était venu à Kyoto et comment il voulait faire son chemin dans la vie.

— Ne cherche pas plus loin. Viens avec moi dans mon humble demeure. Tu auras un bon lit et chaque jour, un plein bol de riz. Tout ce que je te demande en retour, c'est de t'asseoir sur mon comptoir durant les heures de travail.

— Merci, honorable vendeur, lui dit Issun Boshi en s'inclinant. Mais cela ne me convient pas de rester assis toute la journée à ne rien faire. Je sais bien que le costume cousu par ma mère est très raffiné, ainsi que le sont mon épée et son fourreau, mais ils ne méritent pas une telle attention.

— Alors aide-moi à faire mon travail, si tu préfères. Avec tes doigts minuscules, tu pourras décorer mes peignes d'élégante façon. Hélas, celui qui les décore en ce moment est très vieux et presque aveugle.

Issun Boshi accepta le travail. Il traçait à la laque d'or de fines lignes sur les peignes et sur les coffrets. En quelques mois, la réputation du vendeur s'était répandue comme une traînée de poudre.

Un jour, la femme d'un noble vint à la boutique. Elle cherchait un peigne pour la chevelure de sa fille. Elle fut aussitôt fascinée par Issun Boshi, assis sur la table, tout occupé à peindre à l'or, avec un pinceau en poils de souris, un peigne laqué.

— Honorable jeune homme, dit-elle, accepteriez-vous de vous joindre à ma famille?

— Pouvez-vous me permettre de vous quitter? demanda Issun Boshi au vendeur. Vous ne vous êtes jamais démenti; mon lit est bon et le riz abondant. Mais, j'ai grand besoin d'un changement.

Le vendeur laissa échapper un soupir.

— Tes doigts si habiles vont me manquer, mais si tu dois partir, vas-y. Tu iras plus loin dans la vie chez une noble famille qu'avec un humble vendeur de peignes et de coffrets.

Issun Boshi s'inclina profondément devant le vendeur et sa femme et, d'un bond, s'installa dans le panier que portait la servante de la noble dame.

Dans sa nouvelle famille, il apprit à lire et à écrire, à se battre à
l'épée, à danser, tout ce qu'on apprenait aux enfants de la famille.

Tout le monde l'aimait beaucoup, surtout la fille de la maison qu'on appelait Fleur-de-prunier.

Un jour, Fleur-de-prunier émit le désir de visiter le temple de Kanzéon, la déesse de la miséricorde. Elle voulait demander l'aide de la déesse car, malgré elle, elle était tombée amoureuse d'Issun Boshi.

«Comment offrir mon coeur à quelqu'un qui peut tenir dans ma main? se demandait-elle. Pourtant, il est si brave et si beau que les genoux m'en tremblent chaque fois que je le vois.»

«Tu ne peux pas te rendre au temple, Fleur-de-prunier, lui dit sa mère. Je suis occupée et les servantes doivent faire cuire les gâteaux de riz pour la fête.»

«J'irai avec toi et je te protégerai, honorable fille de ma maîtresse», fit Issun Boshi en s'inclinant profondément.

Car Issun Boshi aimait en secret la jolie Fleur-de-prunier. Tous les membres de la famille ainsi que les serviteurs ne purent s'empêcher de sourire : comment Issun Boshi pouvait-il servir d'escorte à Fleur-de-prunier? Mais Fleur-de-prunier ne voulait pas le froisser.

«Merci, Issun Boshi! Je sais qu'avec toi, je serai en sécurité.»

Ils partirent ensemble par les rues pavées qui menaient de la maison au temple de Kanzéon. Soudain, une ombre surgit au-dessus d'eux et, avec un horrible cri, deux diables gigantesques leur barrèrent le chemin. Ces affreux monstres étaient bleus de la tête aux pieds; ils avaient trois yeux et des cornes sur la tête. L'un des deux faisait tourner un lourd maillet.

Ils se ruèrent sur la belle Fleur-de-prunier qui s'évanouit sur-le-champ. Issun Boshi dégaina son épée et bondit prestement, tailladant leurs grosses mains. Mais ils étaient deux contre le pauvre Issun Boshi, pas plus grand que leur plus petit doigt. Au bout d'un moment, l'un des deux diables parvint à le saisir entre son pouce et son index.

Issun Boshi se démenait comme un forcené, mais les doigts du géant le serraient trop fort. Le diable l'éleva dans les airs et l'avala d'un coup.

Dans l'estomac du diable, c'était l'obscurité totale et son énorme coeur battait furieusement. Chaque fois que le géant ouvrait la bouche pour grogner, Issun Boshi pouvait apercevoir une petite lueur.

«Je dois sauver Fleur-de-prunier», se dit Issun Boshi et, plantant son épée dans le gosier du géant, il parvint à se hisser vers le haut. Piquant de-ci, piquant de-là, il se retrouva enfin debout sur la langue du géant. Hurlant de douleur, le diable le cracha au dehors.

Issun Boshi tomba sur le sol, assourdi par les cris du géant et étourdi par sa chute. Pendant qu'il se remettait, l'autre géant l'attrapa et le tint contre sa figure pour l'examiner de plus près.

D'un coup d'épée rapide, Issun Boshi perfora l'un de ses trois yeux et les deux diables disparurent en hurlant. Une fois de plus, le pauvre Issun s'écrasa sur le sol.

— Quelle horrible chute! Honorable ami, es-tu toujours de ce monde?

Issun Boshi se releva et se secoua un peu.

— Je suis sain et sauf, mais toi, honorable fille de ma maîtresse, comment te portes-tu?

— Grâce à ton grand courage, je ne suis pas blessée, cher Issun Boshi.

Ils rougirent tous les deux et détournèrent leurs regards.

— Regarde ce que les diables ont laissé tomber dans leur hâte de disparaître, s'exclama Fleur-de-prunier. Je crois que c'est un maillet qui porte chance, comme celui de Daïdoku, le dieu de la prospérité et du bonheur. On dit que si on en frappe un coup par terre, il exauce notre voeu le plus cher.

— Mais il est cent fois trop lourd pour moi! fit tristement le pauvre Issun Boshi.

— Permets-moi de le faire pour toi. Quel est ton voeu?

Issun Boshi fixait le sol sans pouvoir dire un mot, car il savait bien qu'il lui serait toujours impossible d'épouser Fleur-de-prunier.

— Alors, je dois faire un voeu pour nous deux.

Fleur-de-prunier prit le maillet à deux mains, le souleva de toutes ses forces et le laissa retomber par terre.

Au même instant, la terre trembla, le vent se mit à souffler et le ciel
s'obscurcit. Ils poussèrent tous les deux un grand cri et se couvrirent
les yeux, effrayés.

Lorsqu'ils osèrent les ouvrir à nouveau, le minuscule Issun Boshi avait disparu. À sa place se tenait un magnifique samouraï. Le fourreau de paille et l'aiguille de sa mère s'étaient transformés en une superbe épée de guerrier.

Ensemble, ils marchèrent vers le temple de Kanzéon pour la remercier de ses faveurs. De retour à la maison, Issun Boshi demanda humblement la main de Fleur-de-prunier à son père.

Le noble père le prit dans ses bras.

— Tu as toujours fait preuve de bravoure, de noblesse et d'initiative. Aujourd'hui, tu nous apparais tel que nous le laissait soupçonner ton coeur.